LA TIERRA BEBÉ

Por Michele Petit-Jean
Traducido por Rossi Fernández-Dávila

Child's Play (Internatíonal) Limited

Swindon   Chicago   Toronto   Sydney   Bologna
© 1995 Mission   ISBN 0–85953–958–X   Printed in Singapore

A catalogue reference for this book is available
from the British Library

Hace mucho tiempo, en el espacio sideral
el sol dió a luz a una hija.
Ella estaba hecha de madera y piedra,
fuego y aire y agua.

Las noticias de su llegada
se extendieron por todas las estrellas.
Jupiter le contó a Mercurio
y Mercurio le contó a Marte.

Cuando toda la famila solar
había oído del nacimiento,
volaron a través del universo
para visitar a la Tierra bebé.

"¡Ella es muy hermosa¡" dijo la tía Saturno.
"¡Perfecta como un durazno!
Luego el bueno del tío Neptuno dijo,
"Es el momento de decir un discurso.

Yo le voy a dar a la Tierra bebé
las criaturas de las profundidades.
Todas las cosas que nadan con cola y aletas
se las doy para que las conserve."

El primo Mercurio llegó
y le dió a la recién nacida
una colcha llena de animales
con cascos y cuernos.

La tía Saturno era una joyera
que le encantaban las cosas preciosas:
libélulas con ojos de ópalo,
polillas con alas aperladas.

Ella le dió esos regalos a la Tierra bebé
para que adornasen sus cabellos
y que polinecen a su preciosa anfitriona
con flores creciendo por ahi.

El aire se llenó con las canciones de las aves
mientras Venus le daba sus regalos
de perdices y loros,
gorriones y vencejos.

Unanio esparció pequeñas semillas
de cebada, arroz y trigo
para que así las aves y bestias
tengan suficiente para comer.

Jupiter le seguía detrás
echándole agua a cada grano,
exprimiendo las nubes
para que llueva muy fuerte.

De repente, una manada de monos
bajaron del cielo
con una nota alrededor del cuello que decía,
"De Plutón, con todo cariño."

Para cuando el viejo Marte apareció,
el cielo estaba todo encendido.
"Lo que este planeta necesita," dijo,
"es protección contra esos rayos ... "

"Los rayos ultravioletas del sol
pueden dañar su delicada piel,
por eso voy a soplar una nube de ozono
para evitar que la lleguen a tocar."

Y luego puso una nidada de huevos
en las abrasantes arenas,
y retorciéndose los reptiles bebés
se esparcieron por toda la Tierra

Todos los regalos fueron entregados
y todos los discursos fueron dichos.
Luego todos hicieron un brindis
y le dieron un beso a la bebé.

Así terminó la fiesta
y los planetas se fueron,
regresando a sus lugares
más allá de la Vía Láctea.

Mientras ellos brillaban en el cielo azul
el planeta Tierra evolucionó ...
y mientras unos animales se extinguieron,
otros evalucionaron.

Algunas veces, cuando todo está quieto,
puedes escuchar los latidos
de la Tierra
muy por debajo del suelo.

Y aunque no puedas ver su cara,
tú sabrás que ella está ahí,
tapada por las aguas
y los bosques como sus cabellos.

Las montañas son sus codos
y las islas son sus palmas,
y todos nosotros somos sus hijos
que ella lleva en sus brazos.

Ahora que la Tierra bebé ha crecido,
ella tiene sus propios hijos.
Y tenemos que aprender a cuidar de su salud,
mantenerla pura y compartir su riqueza,
y tratar de comprender lo valioso
de nuestra preciosa Madre Tierra.